ねじれた空を背負って

Nejireta Sora wo Seotte

たかとう匡子

Masako Takatou

思潮社

ねじれた空を背負って

たかとう匡子

思潮社

装幀　井原靖章
切り絵　井原由美子

目次

真夜中の廊下

座右の音

わがアポリア

ねじれた空を背負って

真夜中の廊下

よるべない地図に誘われて

川筋を打つ水音が聞こえなくなったのは
静謐さが覆ったからだと簡単に考えていた
末端というものがあり
あふれる海で遮断された
つかみどころのない
手応えとはほど遠い
きっとわたしはそこにいた
それはまだ閉じた世界のことだった

紫陽花の延びた茎は
かすかな風の首筋を愛撫するのにまかせ
人はどこからどこへ
土手のむこう側に消えるまで見送っていた
馴染んでいるから習慣というものがあり
おいそれとそれは追い払えない

得体のしれない風が吹いて
もう逃げ道はないのだぞと声がしたときも
春はほんとによい季節!
机上の一輪ざしにさした赤い木瓜のひと枝にみとれていた
行く手にはひろげたままの世界地図一鋪
さまざまに人がうごめいて

はしゃいだりぶつかったり悲鳴をあげたり

風はまだわたしの上空を覆っている
旅支度はもうすっかり整えているのに
わたしの地図は消え
机上にミクロの灰
窓には凍える音
梯子はいつのまにか外され
きのうと同じ景色のはずがすっかり靄につつまれて
門扉の脇の
名を知らぬ花
そのひとひらは
困惑の色さえにじませて

人差し指の尖端の
不透明な丸みのある花には香りなく
そのことごとくにあだ花咲き乱れ
せめてその内奥に入り込もうとして拒まれた
ゆるやかな闇の坂道に誘われて滑り下りたとき
わたしはすなおに
そのまま昏迷を行こうと決めた

靄に焙り出された道
あの消えたはずの
わたしの内部の
未踏の
不透明な地図

いまさら誰かに訊ねるつもりはない
いまさら誰かを訊ねるつもりもない
不思議といえば摩訶不思議なその迷路
いつのまにか降り出した雨は
わたしの海馬をひたひたひたひたと叩いた
不安はあおられると相乗するから
とりあえずは等高線上に腰掛けたままでいよう
登山道には楔形文字の道標があるにはあるが
さてどうしたものか

よるべなく
季節は流れていく
地球の地軸がかたむいていく
丸い口は一の字になんてどこからか妙な話が聞こえてきた

人は人としゃべる
食べたくなったら食べる
このご時世
その口仰せのとおり一の字にして
この崖危ないねと言いながら
わたし
今夜はここで野宿

暗中模索

朝刊かしら
戸口に落ちる気配がする
啓示のように
暗示のように
捉えた耳は
夢の中
兎にも角にも足を前に出さなければ

一寸先は闇

寝返りを打った拍子に
体は大仰に震え
やみくもに伸ばした手のはては
裂け目か
それとも断層か

夢は液状にひろがって
輪郭など
おおよそおぼつかない
それでも抜け道さがしてけんめいに枕を引き寄せたりする

風はたしかに吹いている

とはいえ
枕は砂ゆえに草いっぽんなく
立ちあがってくるのは闇のなかの殺気ばかり

あぶない季節が広がっている
一度死んだ者は戻ってはこない
夢の中だってなおさら

荒浜にて

顔だ
手足だ
目ん玉だ
それは誰の
と言ったって
それは
脂の浮いている地平の
さらわれた荒浜の

散乱する
逆恨み
巨大にふくらんで
かなたに引きずっていったたくさんのむくろ
渦をまきながら
覆いかぶさって
水まみれ
血まみれ
なにもかも丸ごとかっさらっていった

いきなり
空が
なだれたのです

空は
疲れをにじませて
なにも語らない

いつもの風景は無限に遠く
いまはもう立ちすくむしかない
消去法など
ここにはない
追いかけてくるぎざぎざぎざぎざの轟音よ

山茶花

陽が沈むと
周りはいっせいに深刻さを帯びる
ぼんやりと低い声が聞こえたので
誰かいるのではと声をかける
近づくと
まなこの
片隅に
白い花影

――山茶花のここを書斎と定めたり　子規

花は句におさまっている
それなのにはぐれてしまった

かくれているなら出ておいでよ
季節はずれの
眼球の
ガラス体の
濁った路地の奥にかぼそい声
根もとに寝そべる猫ならぬ猫なで声
虚空にきえていった
逢いたかった

逢いたかったのに
もはやなにを頼んでも無駄ね

ついさっき
膝の皿
半月板
ひび割れた
意識はなにかに巻き取られ
こびりついて
うっすらと白い花影を血の色に染めて

どこか
遠くに
雷鳴

ひとひら
またひとひら
と見るまにつぎつぎと音立てて
ゆるゆるとした静謐が欲しい
と願ってのぞきこんだ
その木の根もとでは
不確かなものたちがハレーションを起こしていた
最後にその花を見たのは眠れぬ夜を明かした翌朝のこと
ここは仕組まれた
もうあとのない
世界かも

はてしなく

深海に留め置かれたまま
暗い海底で今もなお眠りつづける死者たち
の声
潮に
もまれ
空気の断面がはてしなく切り立ち
気づいたとき
わたしの五臓六腑に

天空に
螺旋階段が立ちのぼり
橋
かかる
波は
波に揉まれ
波はみずからを運んでのぼってゆく
混沌とした地球の岸辺めざして

荒涼とした水面には
太陽がいっぱい
わたし
泳ぐ

お盆過ぎの波風受け
頭を右に左に傾けて
かついだ空に誘われてがむしゃらに

今もなお半世紀以上深海で眠る死者たち
の母音が
不規則に
脈打つ刻
むこうから影がやってきて早口で喋る
振りむくと誰もいない
どうするすべもなくて
いきおい白濁のかなたへ抜き手を切って
わたしスピードそのもの

山脈《やまなみ》を越えると

こんなところに渦巻く河があったなんて
決壊寸前の
いやすでに壊れている

風は土手の百日紅の並木沿いに吹いていた
円錐花序の巨大な房が行く手をはばみ
捨てられた空き缶のひとつがやおら立ち上がった
とみるまに勢いよく音立てて転がっていく

水が足もとから耳たぶまで上がってきたときは
不本意ながら巻き込まれていた

漆黒の闇の祠に
さっき一羽のカラスが呑み込まれていったよと声がした
水は空に昇り大きな塊となり

向こう岸でしきりに誰かが呼んでいる
凹凸のない声
のっぺらぼう
夜と朝は地つづきだから
言葉は通じると思ったのも束の間
帰路にはばまれた
残された時間はもうない

真夜中の廊下

盤上の白と黒の石がはげしくぶつかった
それが合図だった
ナンキンハゼの実をついばんでいた鳥が
勢いよく飛び去って
風切羽の音のむこうに
延びていく
真夜中の廊下
不気味に光る

火照る
ほとばしる

世界の事情は一瞬にして変わる
善は急げ
足もとの音から目を放すな
耳たぶ痛い
首筋かゆい
明日のことは忘れ
昨日のことは思わず
闇の勾配を渡る吐息が夜ごと肥え太っていく
真夜中の廊下はどうしてこんなに延びるのか
地図のなかの混沌とした道を咳き込みながら

足のむくまま
気のむくまま
静寂をとびこえ
頼りになんかしていないと独り言ちながら
わたしが走る速度
よりも速く
これはよくない兆候
生あたたかい風が容赦なく吹き込んできて
たぐりよせても手繰れない
真夜中の廊下は
行きどころない寒中の風

存在するわくらば

土手は低く沼地は液状になっていて
西日を背にうけながらさまよい歩いている
気がついたときには
てのひらにいちまいのわくらば《病葉》
喪服を着たひとりの女人が土手の上を歩くのが頭をかすめた
つかみどころのない
わくらば
泥濘のなかのその葉脈の筋の隙間の

音叉みたいな振動が伝達されたとき
ひそんでいる生き物の
葉脈の蔭で
たえず揺れている
手ごたえのなさ
その在り処
脈絡を忌避しながら
ここに在ることを念押しするべきだろうか

記憶の内部にドリルで穴を開け
手を突っ込んで引きずり出そうと試みる
断片をつないで再構築すれば
とどこからか声はするが肝心の断片がみつからない

不確かなものとしか言いようのない
得体のしれない空気が地球のかなたから入り込んでいる

コンパスで円を描きながらうそうそとなぞる
かたどる位置と位置の関係ひた隠しにすれば
飽和状態
崩壊感覚

隠喩《メタフォア》じゃないの
などと言わないでよ為す術もないこの泥濘
にっちもさっちもいかないんだから

吊るされて

こうして師走の風に佇むまでには
曲がりくねった山頂への道をたどり
分岐するいくつもの地点では
どちらの道を行くべきか
長い時間を苦悩した

さらにその先端の
くずれつつあるものに触れたときには

ひたすら心臓の鼓動を抑え
陽だまりのなかに駆け込んではみたが
しだいに自分がわからなくなる

からだの芯をやさしく揉みほぐしていると
斜めに傾いた
南天の
実のたわわな房が
空の光にさえぎられているのに気づいた

渇きにあおられ
音たてて
脱けるか
吊るし柿

渋の

汚れてしだいに黒い斑点模様がひろがり
これは人ごとではない
と感じてはいたが
それでも赤みをみるとかろうじて健在と
ひとまずは安堵したものだ

楕円形はやがていびつな四角形となり
深い昏迷の底の水面に
飛び立つ鳥の
かすかな羽音
日常は誤作動でいっぱい

まきこまれてはなるまいと思ってはいた
空があんなに遠くどこまでも広がっている
といったって
あ・ぶ・な・い
想定外はないよ
人はいったいどこへ行こうとしているのか
もうあとはない
吊るし柿
師走の風に吊るされて

座右の音

転々

くだけ散る光のかけらをかきまわす
その手のひらに応答することばなく
親指と人差指のあいだ
赤い魚
跳ねる

目を凝らせば見えているのに
明度はしだいに剝ぎ取られ

距離は遠のくばかり
話すと飛沫がとび散って
意識の断片
へんげする

ここは
もしかしたら
異国かもしれない
いままで見たこともない
あっちにもこっちにもかぞえきれない浮遊する突起物
明日は我が身
それが現実だとせまってくる
見たい景色と見ている景色はちがう

親指と人差指のあいだに棲みついてしまっている
赤い魚
跳ねる

つまみたいが指先うごかない
しきりにめまいがして
話しかけないでとしきりにことわっているのに
闇が濃密に膨らんで
いつのまにか赤い魚
肩甲骨のあたりから這い上がってくる
正体不明の粒子
転々

人はいつだって

孤独
多事多難
渇きにあおられ
ひたすら心臓の鼓動をおさえようと
あせればあせるほど引きずり込まれていく

棒状のものにすがりついたとき
親指と人差指のあいだに棲みついてこだまする
爆
撃
音

閉じ込めて閉じ込められて
赤い魚

跳ねる
それは暗やみを横切っている点に近いうしろ姿
座標軸がめまぐるしく横転する
あまたの憶測あるいは猜疑
結えないまま
まるい石
投げつけた
殺意があるからではない
といって憎いからでもない

ごく小さな事件簿

どこからかノックする
かぼそい音が
しきりに頭蓋をおよぐ夜
ロッキングチェアに体を預けている枇杷の木が
耳元でささやく

空耳
かもしれない

木は明るい方角へ明るい方角へと傾いて
身もだえしながらひどい汗
ついには
壁に体をぶつけ

壁には打ち返す力があった
問えばたしかにかえってくる答えのように
壁に拒まれて
枇杷の木は
陰画のなかに逃げ込んだ

葉っぱに茶色っぽい虫がついていることに気づいた日
割り箸でつまんで
時間をかけて順次殺していった

花水木がいっせいに開花して
まぶしい

空はすこしずつ変化する
何かの
壊れる音
乾いた頭蓋
つきぬけた
壁はとっくの昔大きな地震で倒壊した経歴の持ち主
基礎の土台があらわになっている

老人と海

暗やみが来て
暁が来て
割れ目は何度も反芻するから
どこが境界かわからない
歳月は当たり前のようにちぎれた
つなぎとめようがない
拡散するばかり

肩にひろがる海は錯誤でなければ移動している
やがて水は暗所を埋め尽くすはず
いつ現われたか
見たこともない舟が眼窩の奥を擦過する
手をのばしても追いつけない

夕暮れ
老人は投網を打つ
イワシがしこたま入る
追ってきたタチウオに網切られて
一日が暮れた
からだが噴水のように天へと吹きあげられ
老人は
なにか言いたげだった

遠くから舟歌が聞こえてくる
老いるとは
と問いかける気分になると
〈海の彼方へ帰っていくことさ〉
老人の答えはいつも同じだ

箱庭の夢

喃語まがいのことばをまき散らす
幼なごの箱庭のなかの海べは
凹凸のあるリアス海岸

月光に濡れて
と書いて思わず背中に手を当てる
生きてきた長い時間は背骨にも降り積もってはいるが
背筋はすでに干からびていて

月光に濡れて
と書いていた紙の上の月光
絵に描いた餅
それはいうまでもなく
単なる
仮象

そのとき魚の大群が
海面を跳ねた
風が吹いて
ことばが散らばっていく

地球のかなたへ
歴史は

性懲りもなく繰り返される

あわあわわわわ
ことばではない喃語に波しぶき
ふと足を踏み外して
はずみで
箱庭の海に波がおき
その砂に囲われた小さい海をたどれば
声にならない声はびしょぬれ

リアス！
とおもわず声が飛び出したとき
ウィリアム・フォークナーの『魔法の木』が現われ
リアスは眠りから覚めた少女アリスになっていた

これはこれは
かけ違いの妙
わたしの膝を枕に
いつのまにか眠っている幼なご
童話のなかの風船が大きくふくらんで
箱庭があんなに高くはるか彼方へ

遁走曲《フーガ》

妹に似た幼なごがひとり走り去っていく
引き返してほしくて叫びつづけた
秋風が容赦なく正面からふきつける

分かれ道では
前かがみに膝ついた
頭をおこしたとき
帰る場所を失った幼なごのせなかが大写しになり

かといって妹なのかはわからない
空には腰掛ける椅子もなく

日没が
ヒヨドリだかノバトだかの情景にすべり込んできた
たくさんの糸くずにもつれながら
胸のうちがわでは
古傷が口をひろげていた
中天に懸る
尖った
三日月

夜がしらじらと明けても
一日の始まりは見えない

口元しっかり布で隠して
なおさらに沈潜する発語

予測出来ない時間にむしばまれて
滑り落ちてきた観覧車のなか
ひょっとしてあれは
ねじれた空を背負ったわたしの妹
と見えたが
目を凝らすと無人
走り去っていったのは誰

昨夜から今朝にかけて

ここは通りに面したささやかな中華料理店の奥まった一室
相手は居たかもしれない
居なかったかもしれない
近頃のわたし
なぜか真実《ほんとう》のことに飽き飽きしている

この店真っ昼間なのに蠟燭を灯している
火はすでに消えかかって灯芯も倒れている

蠟燭の
火の
燃え尽きるまでの時間は見たことがない
見たことがないというのもわるくはない

この店に来ると唇の端にうっすらと詩が昇る
つかまえようとするとぱたり消える
客も居るのがほんとうか居ないのがほんとうか
みんな妄想が好きなんだ
と信じたいという嘘

門口に立っているいっぽんの樹
その先端は枝分かれしながら延びていて
中空を仰ぐと確かに樹はそこにあるのに先端がない

視線のはるかかなた
瞑目する像と像との境界線もない
どこまで伸びているのだろう
いつか一度だけ見た気がするその先端は

風の通り道には隙間がある
と店のオーナーはヒントめかしに言う
けれども見えないものは見えない
うさぎの背中のかたちした雲が頭のなかを侵食する
そのとき詩？
繰り返し口ずさんでいたたしかにあのときの
と言えなくもないが
たぶんそれは夜空を走った稲妻よ

座右の音

遠く近くに
音
正体不明の

音はシュールに点滅しながら聞こえてくる
仮にわたしが老いようがいなくなろうが
置き換え不能のまま

消えてなくなる音だってある

たとえば
わたしの不整脈
死の間際に言い残せなかった血族へのことば
駄洒落まみれの笑顔の下に隠されたその本音立て前
たとえば
きしみ音
もしくは
音叉

机の前に座ってアルファベットのうえに指あそばせている
突如《落石注意》の文字
注意！
と言ったって落石は音立てて転がる
座右の音に拉致されるこの世紀

行きつ戻りつ

点滅する星屑をカーソルは撃つ
星屑は四方八方ちりぢりになり
地球が大きく開く
どこからかピアノの音色
それはいちまいの
大きく開いた
耳のかたち

転ずれば
おびただしい記号に符号
文字のなかの句読点やなにやかや
大挙して押しかけてくる

ひょっとして取り返しのつかないことになっているのかも
ここはうまく抜け出さなければならない
星屑は
いっせいにはまたたかず
ひとつが消えればそのつぎが現われるという仕組み

ウズラバタンポポの黄色い花が足もとを照らす
といっても
おまえは役には立たないよ

カーソルはしきりに手探り
ブラックホールに落ち込まないように
歩行を鎮ませながら

からっぽの宇宙の穴にこれ幸いとかくれていたのね
なにを思ったか
わたしの右の目
だれかれとなくウインクする
左の目も負けじと
でもなぜだかふたつの目
同時にふさがって上手くいかない

顔面半分
唇の端

じっとしていればいいのに
動きまわる
すっかり乾いた目の奥に
まばらに生えている
痩せさらばえた
正午の
草
累々

正午には影がない
影がないのはいい
とそのとき上空からつむじ風舞い降りて
踏みしだくものなにもないと告げるがはやいか
わたしのまぶたを塞ぐ

点滅する星屑を
カーソルは撃つ

星屑はAだかBだか横文字が細胞のなかを浮遊する
アメーバーみたい
早くお家にお帰りなさいと言ったって
もはや
崖っぷち
かつての豊かな家族の風景見当たらない

ディスプレイは応答なく
印字する文字
木立のあいだを通り抜け

ことごとくこなごなに
書きかけの詩の言葉にうまくおさまってくれない
行と行の隙間にもぐりこんで
頼りなげなカーソル握れば
今夜はすっかり雨模様

在りし日

脇道を抜けたところには養鶏場があって
いつものとおり
今朝
母はそこへお使いに行ってくるようにと言った

雲行きがあやしい
とはそのときからぼんやり思っていた
突風が吹いた

とそのとたん
登山道の曲がった道に折りたたまれ
わたしを差配する瑣末な日常の
あれやこれや
ねじれにねじれたまま
眼窩の裏のあいた穴に吸い込まれていった

あたりの建物はすでにことごとく倒れている
遠く
炸裂音
どれほどの時間が経過したか
誰かに呼ばれた気もするが定かではない
風はおさまっていた
頭上を巡る

太陽

午後の日差しに溶けている影
どこへ行ったの
消えたわたしの寂しい午後
の空ふかく
わたしのニヒリズムはこんなふうにはじまっている

おそるおそる
足を踏み入れたところまでは覚えている
養鶏場への
茶褐色の
細くて狭い小径は
いつも生ぐさい異臭がしていた

放し飼いの産みたての有精卵は
この臭いにかこわれている

わがアポリア

夕暮れ、倦んでいる

どこかでしきりに鳥が鳴いている
きのうの狐日和とはうってかわって
さんざめく夕陽

声なのか
音なのか
とある気配が屋根の上を浮遊している
なにか言いたげだが
おりてくるようすはない

窓はしっかり閉めているから侵入される心配はない

それにしても
なにかを秘めたように虹彩を放ちながら
ざりざりざりと
透明な
円錐形の
箱のようなもののなかの草臥れ果てた生活の痕跡
心を騒がせる営み

夕暮れ
たしかに手がつけられない
まぶたの底は
無風

海馬にはくっきりと刻印されている
岩と岩の股ぐらにはさまれて
今日とあしたを分岐する誰も知らない端境

わたしの頭脳の硬膜で
人なのか
獣なのか
あるいは無機物の類
杳としてつかみどころのないものが
生気を取り戻したらしい
さんざめく夕陽に充電されて
つま先立ちで歩いたかとおもえばしゃがんだりして

それにしても狭くて窮屈

なんの用があってここにきたのか
からだ重い
気力失せる
高等数学解けないものは解けないよ
もうこれ以上の身にふりかかる災禍
熨斗つけてお返しするわ

不可思議な
屋根のうえの
正体不明のその気配
あら
ハシブトガラスでしたの
などと言って見過ごすわけにはいかない
たとえそれが韻を踏んで歌《リズム》の世界に逃げ込んだとしても

沼地異変

断続的に激しい雨が三日三晩降りつづいて
風も大気を騒がせつづけ
ざわめく樹木のあわいにも
ひろげた指と指
そのVのあいだにも

あたりはすっかり沼になっていた
となりの家もむかいのアパートも浮いている

さっき窓からのぞいたときは
わたしの庭は大荒れのまっ最中
百日紅は輪になって踊り狂っていた

その百日紅
ない
消えたか
連れ去られたか
あるいは沈んだか

うめき声がして体がくすんだ記憶の裡にもぐっている
出ておいで
とだれかが呼んでいる
来る日も来る日も雨は断続的に降りつづいて

こんどは何人もの声
わたし
すっかり動転
いつのまにか握りしめていた棒切れのようなものを
むやみやたらと振りまわしていた

雨風はいっそう激しく地上ことごとくふぶいている
昼と夜の境界線を突破するのは並大抵ではない
家も商店街も国道2号線も浮いている
沼は重さに耐えきれなくて膝ついた

意地わるい魔法使い

まつげから
まぶたから
今朝の目薬
逸れて食卓に落ち
そういえばきのうから読んでいる本の文脈も
あっちに収縮
こっちに膨張
激しくせめぎあって

皆目つながらない

黒い目薬
乳白色の目薬
夕照に染まる雲色に似た目薬
肌色の目薬
こんがらがって逸れて
いつものように一日が始まり

通勤途上の通りを
滅入った気分で
歩いていった
いきなり地表が盛りあがり
赤信号を無視して暴走する自家用車に

わたしの裸眼は跳ね返された

しぶき
舞う
背中や腹のうえを
転がる
浮遊する
まつげから
まぶたから
またまた逸れて
あげくの果ての飛沫

めずらしく点眼がうまくいった朝
廃墟となった街の

もはや瓦礫
としか言いようのない建物から
やっと這い出した人は両脇をかかえられて

裸木と裸木のあいだの
乾いた風
引き寄せ
息吹きかけ
目を半眼にすれば
背後でしずかに閉じる
茫々の曠野
その先の
切り立つ崖

あしたの目薬
何色かしら
おまけに緑内障のまなこにはいつしか
緑色の雪が積もって
凍結

やたらと
曲がり角多い
渦巻く風
手をこまねいているわけにはいかない

――空は死児等の亡霊にみち*
今朝

の点眼
またしても失敗
逸れていずこに

＊中原中也「含羞」

とどのつまり

まどろみを誘う窓に
淡い残像が広がり
気配ばかりが目にしみる
気がつくと
岩盤のうえに胡座をかいて
ずいぶんの時間瞑想を強いられていた

思い切り大きく羽をひろげて

ダイビングしたら
わたしの居場所はみつかるかしら
第一波だか第四波だか
意識して
波の上

荒れ放題の庭つづきがうとましい
寄せくる波をひとまたぎして
二十四時間営業のスーパーマーケットまで
なぜかこの日に限って食材がやけに重い

昨夜の瞑想はなんだったのか
とどのつまり
なにもかもはじめからなかった

としたら
わたし
誰かと入れかわったか連れもどされたか

わがアポリア

蝕まれ
腐食する
ひよひよと微風に鳴っている蜜柑の木
たわわな黄金色の構図と色調がまぶしい

情報過多の目の前は
石を投げても手ごたえはなく
ただ石は

かぎりなく
石のまま

無念やるかたない気持ちで路地から路地へ
おもむろにめくる胸の内側は
はるかにつづくぬかるみ
あたりはやけに静かだ

安堵したのもつかのま
どこ吹く風が吹いて
動けない
雷鳴とともに雨が降りはじめた
ひからびて
剥落する影

ほどかれて
起承転結ばらばらに

さっきからの雨はいっそう勢いを増している
打たれて
からだ揺らぎ
傾いだとたん立ち往生
蜜柑の果肉にもぐり込んだのも束の間
新聞紙のように折りたたまれて
うつつの彼方は難問ずくめ

遊園地

回転木馬のまわりには柵が張り巡らされている
猫がくぐれるくらいの裂け目はある
立入禁止区域の
遊園地の片隅
人気のない重たい風に回転木馬は
まぶたのうらの痛み
かきむしっている

朽ちた板のうえにはイタチの死骸もある
あらそいのせいか
みずからぶつかったか
空腹にたえかねて息断えたか
ことばでその死をあばくことはできない
わたしが見ているかぎり静かである
でもこの先つづく物語の像が結べない
空はとおくへと影を曳き
何も語ってくれない

そのときだった
位置と位置との関係がずれたその隙間をぬって
回転木馬が勢いよくまわりだしたのは
打ち寄せる刻がふぶいて

わたしにめまいが襲った

誰からも忘れられた遊園地
きりきり舞いする
幼なごの
まんまるいてのひら
その面影

蟄居中事件

本の山が崩れた
しばし失神
いま
大脳の
ここ
頭頂葉に漂着
本が雪崩れるのとほとんど同時だった

いつものそそっかしさのせい
左半球には水が押し寄せてきて
分岐するあたりの深みに
引きずり込まれていく
血にそまった膝小僧の裂傷に
予感
世界の
混迷の

崩れた本の
まっくらな脳漿の底
かつて見たこともない文脈の渦中にひっかかった

ひたすら心臓の鼓動をおさえようとあせればあせるほどに

引きずり込まれていく
臨界見えない
つかまる破片すらない
本は本
とはいえただの物量にしてはむやみやたらと重い

蜂騒動記

あがり框に腰かければちょうど脹ら脛が当たるあたりに
そのすらりとした八頭身美人型
ホソアシナガバチか

雨風強まる兆しありとさっきラジオが報じていた
知ってか知らずか
蜂ども大忙し
植え込みのキンモクセイの木の枝の茂みの

あれはドロバチにちがいない
ジャスミンの棚のあたりからは黄色い蜂が出たり入ったり
ことしはほんとに蜂が多い
メタセコイアの大木にはオオスズメバチが大邸宅を建て
町なかは蜂の巣のうわさでもちきりだ

蜂が巣をつくるとお金がたまる
町の財政うるおうことまちがいなしと町内会長さん
その思惑はともかく
渾身込めた建造物といえども
躊躇するいとまなどはない
善は急げ！
その夜掃討作戦決行となった

物干竿の先に巻いた手拭いに灯油
をかけて点火勢いよくあがる火柱
おそるおそる巣の入口に近づける
出てくるわ出てくるわ出てくるわ

羽を焼かれて蜂は次々と地に落ち
ゴム長靴の辺りを這いずりまわる
ちりとりで集めてゴミ袋に入れて
蜂騒動はとりあえず落着となった

それにしても町内の空き家現象はただいま蔓延中
一週間前にも独居老人の葬儀があった
住民不在となった蜂の巣ならいざ知らず
過疎化の町はやっぱり物騒

犯罪のもとにもなりましょう
オオスズメバチの巣はていねいにはずされて
福祉センター自慢の置き物におさまった

日は巡り

思ってもみないことだった
庭の片隅の五メートルははるかに越えるこの棕櫚の木
おそらく半世紀以上は眷属の時間を見てきたにちがいない
フォークナーの『野生の棕櫚』を読んでいて気づいた

この翻訳はわたしの大叔父橋本福夫のものだ
読み始めてうかつにもはじめて知った
その棕櫚は樹皮がはがれかかって

木の幹が飛ぶように過ぎていったと

大叔父は兵庫県宍粟郡下三方村を早くに出て東京で暮らした
折にふれて須磨神撫山麓のわたしの家を訪ねてきた
なにを話していたろう
座敷で膝を崩して夜っぴて父と酒を酌み交わしていた

庭下駄をつっかけ垣根に背を預け
こころもち首をかしげて
二階から屋根をはるかに超えて伸びたこの棕櫚の木を仰いでいた大叔父の
帰京の朝のあの姿がよみがえる

風がつよい夜には
棕櫚の葉は庭の片隅でざわめきぶつかりあい

たっぷり野生の音を発する
野生の棕櫚！　野生の棕櫚！

わたしはいま
大叔父の訳した『新潮世界文学42』フォークナー集の一冊を手にしながら
あらためて身近かの棕櫚のざわめきを聞いている
とはいえわたしはそれを聞き分けられない

思い出や記憶ばかりがのさばってどうやらまだまどろみには縁遠い
遠目に浮かぶのはおぼろげなかたちらしいものばかり
洪水の中を舟でただよう気配が胸底に落ちる
今宵わたしは覚めた眼で大叔父の背中を思い起こしていたい

たかとう匡子　たかとう・まさこ

一九三九年、神戸市に生まれる。神戸市在住。「イリプス」同人。詩集に『ヨシコが燃えた』、『神戸・一月十七日未明』、『ユンボの爪』、『地図を往く』、『立ちあがる海』、『水嵐』、『水よ一緒に暮らしましょう』、『学校』（小野十三郎賞）、『女生徒』、『耳凪ぎ目凪ぎ』など。評論・エッセイ集に『私の女性詩人ノート』三部作、『竹内浩三をめぐる旅』、『地べたから視る――神戸下町の詩人林喜芳』、『神戸ノート』、絵本に『よしこがもえた』などがある。

ねじれた空《そら》を背負《せお》って

著者
たかとう匡子《まさこ》
発行者
小田啓之
発行所
株式会社 思潮社
〒一六二―〇八四二　東京都新宿区市谷砂土原町三―十五
電話〇三（五八〇五）七五〇一（営業）
〇三（三二六七）八一四一（編集）
印刷・製本
創栄図書印刷株式会社
発行日
二〇二四年三月二十六日